Vijf Verschillende Beste Kleine Verhalen Om Te Lezen

W.U. Hassan

Inhoudsopgave

Ik wou dat je hier was

Bonjour uit de stad van genegenheid! Ik heb niet veel ruimte op deze ansichtkaart, dus ik zal het kort houden. Ik ga trouwens snel naar het onbeperkte crêpebuffet. Mijn nieuwe minnaar, Jacques, denkt niet aan een vrouw met wat meer rondingen. Meer kussen voor de push-in', weet je?

O, je moet hem zien. Jacques is een echte blikvanger, een complete zaddy . Zoals George Clooney zonder het drugsprobleem. Ik spreek me hoge jukbeenderen en een robuuste kaaklijn. Een accent dat cheddar in gouda kan veranderen . Wasbord-abs waar je anderhalve was aan kon doen . Ik ben er vrij zeker van dat het Parijse gezonde tijdschrift zijn lichaam zelfs de achtste natuurlijke verrassing van de wereld noemde.

En wat is hij creatief met slagroom!

Hoe dan ook, ik wilde alleen maar zeggen dat ik hoop dat je gelukkig bent samen met je nieuwe vriendin. Oh ja, ik heb de Instagram- berichten gezien, de films van jullie twee die de elektrische Slide op rolschaatsen doen, de snapshots van jullie die samen plasma doneren. Ik merkte dat de plaatsvervanger op je relatie bekend was op Facebook . Ik was je niet aan het stalken of zo; een persoon stuurde me onlangs de hyperlinks. Ik neem aan dat het veranderde terwijl Jacques me naar de Eiffeltoren bracht. Zo attent is hij.

Nou, doe me maar een verlangen, kan je? Doe geen moeite om mij te bellen. Ik kom niet meer naar je toe. Ik heb het te druk met de tijd van mijn bestaan.

Ik wou dat je hier was geweest .* **

Ciao uit het land van pasta en pizza! Vergeef eventuele spelfouten of gevogelte krassen op deze brief. Ik schrijf dit momenteel vanuit een gondel, omdat Lorenzo echt aandrong. Ik zweer dat hij bijna net zoveel van het water houdt als van mij.

Oh, het is echt mijn nieuwe minnaar, door de weg te gebruiken. Geloof me, hij is erg knap, met buikspieren en jukbeenderen ook. Het algehele negende natuurwonder. Lang en donker en mysterieus, zoals het soort man dat je zou vinden op de quilt van een piratenroman. Of zoals George Clooney met het drugsprobleem.

Maak je geen zorgen, terug in Parijs laat ik Jacques soepel naar beneden. Gaf hem de antieke "het is nu niet jij, ik ben het"-regel. Onthoud die? Ik ben er zeker van dat je dat doet.

Ik ongeacht, Jacques is zo resterende maand, en wanneer in Rome, toch?

We bezochten het grote kunstmuseum hier de vorige dag, de Academia Gallery, Lorenzo en ik. Getrokken langs marmeren sculpturen en oliekunstwerken en een ongewone vorm van een urinoir waarvan ik vrij zeker ben dat het er alleen is als noodtoilet en niet altijd echt kunstwerk is. Het werd zonder twijfel heel mooi.

Toen we bij de ultieme kamer kwamen, die met het standbeeld van David in het midden als een naakte superheld, moest ik aan je denken. Ik zal één keer raden waarom.

Trouwens, daarom heb ik besloten je nu op te schrijven. Niet vanwege het feit dat ik die TikTok van jou en je nieuwe vriendin in het beste ritme heb zien slaan en nae -noemen, en zonder twijfel niet vanwege je Snapchat- verhaal over het heropenen van de kokkels van je hart ondanks alles deze keer. Uiteindelijk ben ik verder gegaan en dat zou jij ook moeten doen.

Ik neem echter aan dat je me een naam kunt geven als dat echt nodig is. Erken gewoon dat ik mijn armen heb gekregen, compleet met de genegenheid van mijn levensstijl Lorenzo, dus de kans dat ik zal reageren is ongeveer net zo bloedarm als je nieuwe vriendin. En wat voor naam is Brittanie trouwens? Wat dan ook.

Ik wou dat je hier was.

¡ Hola uit het zonnige land Jalisco, Mexico! Hiya , weet je hoe ik constant wilde gaan paardrijden? Mooi, ik ben halverwege de droom, peuter, omdat ik dit opschrijf vanaf de rug van een ezel. Santiago zegt dat het net zoiets is als op een paard zitten, het meest effectief is een ezel kleiner en een tikje meer kwijl en hij heeft nog een letter in zijn roep. Hij is erg intelligent, mijn nieuwe minnaar, mijn Santiago.

Geloof me, hoe minder we over Lorenzo zeggen, hoe beter. Enige aanbeveling: ben het absoluut niet eens met een man die je meeneemt naar een kunstmuseum om een urinoir en een naakt mannelijk beeld te zien.

Santiago is niet zo'n man. En krijg dit: hij kan koken. En niet alleen spaghetti en mini-rijst en lunchables . Echt eten. Hij houdt ervan om al onze maaltijden te bereiden, en hij klaagt geenszins.

In werkelijkheid kwam het grappigste aspect over de alternatieve dag. Terwijl ik door je Twitter scrolde en alle oude "Ik heb gewoon een vrouw nodig die oprecht is"-opmerkingen analyseerde die je plaatste en opnieuw testte, was Santiago's snikhete appartement gevuld met de geur van kaneel. En terwijl hij de woonkamer binnenkwam en me het bord met churros achter op zijn rug presenteerde, nam ik er een om ze te bestuderen, allemaal slap en gekrompen, en ik dacht aan het standbeeld van David, en toen dacht ik aan jou. En ik lachte tot ik van de bank viel en mijn hoofd tegen het espressobureau stootte en acht hechtingen moest krijgen.

Daarom schrijf ik je momenteel. Om je te vertellen hoe pijnlijk echte liefde kan zijn. Om u te informeren dat het echt de moeite waard is. Geen ander motief.

Hoe is dat voor een meisje dat eerlijk is?

Maar voor de duidelijkheid - en misschien is het de hersenschudding die spreekt - zal ik volgende maand weer in de VS zijn. En dat ik wed dat als je om mijn vergeving wilt smeken en me vraagt om onze relatie te heroverwegen, ik misschien geneigd ben om naar je te luisteren. Zeg, tijdens het diner in Olive Garden.

Ondertussen hebben Santiago en ik wat burros te reizen en wat churros om te eten.

Wil je dat je hier bent geweest .* **

Wat is er van de Starbucks op de weg van onze binnenlandse. Je eigen huis. Brittanie's en jouw huis. Ik moet toegeven dat het zojuist een verrassing was, toen ik de weegschaal naar beneden trok en jullie twee door het raam zag kijken, samen genesteld aan weerszijden van de loveseat, samen met je benen in elkaar verstrikt, net als het oneindigheidssymbool.

Je zegt dat je een oprecht persoon wilt? Mooi, hier gaat het.

Ze hebben nooit bestaan. Jacques en Lorenzo en Santiago en Olaf, op wie je nooit hebt kunnen wedden omdat ik Rusland niet heb gehaald. Ik neem aan dat je weet waarom ik het deed.

Maar misschien heb je de snapshots gezien die ik op Instagram heb gepost , die van mij die parachutespringen en parasailen en die wezen redden uit dat brandende gebouw, en je verbaasde. Misschien staarde je naar hen zoals ik naar de foto's van jou en Brittanie in de opera staarde, of je Tweets die ongeveer 'de enige' vonden, of de video waarin je op één knie gaat zitten in onze favoriete eetgelegenheid.

Ik betwijfel of je momenten zijn gefotoshopt, ook al.

Hoe dan ook, dit bericht moet je snel vinden. Ik heb gewoon een eerstejaars met pitjes een dubbele witte mokka-mix betaald met 4 foto's en amandelmelk en afwisselend vijftien Splendid-pakjes om deze ansichtkaart aan je in te leveren.

Misschien kunnen we dat toch laten communiceren. Daar was ik eerlijk over.

Ik stel voor , ik erken dat dit gebied niet precies Olive-gazon is, maar hey, het is ook niet Chili's.

Tot die tijd zal ik hier een poosje op het bureau van de hoek zitten, misschien tien minuten of een uur of tot deze buurt sluit. Ik vind het wachten niet erg. Ik heb nu niets gekregen, maar de tijd. Tijd om na te denken over jou, en haar, en de herinneringen aan een levensstijl die ik dacht te kennen, een woning die ik ook nooit meer zal bewonen.

Ik wou echter dat ik er was.

Hoe een recreatie van schaken te winnen zonder echt te proberen ?

Disclaimer: er is misschien geen gemakkelijke manier om een schaakspel te winnen. Maar dat is het beste als je via "winnen" voorstelt om op de koning van je tegenstander te jagen totdat hij naar lucht hapt in een eenzame hoek, zijn visie vervaagt in de zwart-witte ruis van het bord terwijl je tegenstander (John, Meera of Jeremy) seppuku pleegt door ontslag. Het meest effectief kom je gestaag terug naar de stoere stoelen en besmeurde tafelbladen van de B-klasse lunchbalie van je faculteit. Je zult verdwaasd knipperen met het gezicht van je tegenstander, die, je moet je herinneren, je maatje is in echte levensstijlen.

Als het John is, weet je dat hij zijn frustratie zal uiten via zijn ongewoon lange en welsprekende middelvinger. Als het Meera is, zal ze elke beweging en verwondering overlopen waarin ze fout ging. Als het Jeremy is, zal hij je feliciteren met droevige, droevige ogen die erger zijn dan falen. Je zou ze dat lijden niet aandoen, hoewel je dat wel kunt; jij bent de vorm van een man of vrouw die wespen vangt onder een glas en ze naar buiten begeleidt, om hardop te huilen. Zo rationaliseer je tenminste je constante verliezen. Nee, om een schaaksport te kunnen winnen, moet u uw eigen functies aan uw persoonlijke zinnen schetsen.

Doel. Je kon je doel nu in eerste instantie niet helemaal vatten, maar je hebt een slinks vermoeden dat er een motief is dat je voortdurend geneigd bent om verliezende spellen te spelen. De truc is niet altijd om een van je vechters te laten beseffen wat je redenen zijn - wat als iemand hen probeert te belemmeren? Mogelijk is de prettige manier om het eigenlijke doel nu uit te leggen, "je doel uit te roeien voordat je tegenstander dat doet".

Gamers. Misschien wilt u de vier personen van uw onofficiële lidmaatschap genaamd RCIA, of de vereniging van rassen met raciale stress. Om je aan te melden, moet je een " halfsie " zijn - half wit, half niet-wit. Dat is natuurlijk een verwijzing naar het half-wit, half-zwart van het schaakbord, maar bovendien een getuigenis van de aard van de strengheid zelf: 50/50, onvolledigheid, de vriendschapsappeal die je beest je gaf toen je uit Californië en rechts verhuisde weg vergeten. Soms ervaar je wat je werkelijk bent , de helft van een geheel; twee helften die, zou ik uploaden, niet altijd naast elkaar passen.

Jij: een half-Mexicaan die in de tweede klas een schaaklidmaatschap kreeg en dat toen niet heeft gezien. Energie: je kunt het volledige script van Napoleon Dynamite citeren via het hart, voor het geval dat binnenkomt (met een haak of een boef doet het nooit).

John: half-Koreaanse schaakwiz die zo snel als in een blauwe maan verliest, elke keer wekenlang mokkend. Elektriciteit: hij is de enige die hier met "RCIA" op de proppen kwam – ondanks het hele gedoe, moet je toegeven dat hij de grappigste van iedereen is.

Meera : 1/2-Indiase, in het bijzonder Pearlite. Ze is nieuw in schaken, maar ze is een Engelsc basisschool, en haar gevoeligheid voor de poëtica van het schaken geeft haar een uniek voordeel. Kracht: Meera komt altijd het dichtst in de buurt van het raden van je mysteriedoel™ □ . Je moet haar goed in de gaten houden.

Jeremy: Jeremy is technisch gezien half blank, alleen zijn andere helft is ook blank. Maar hij is een kwart

Portugees, dat is praktisch Spaans, dat is praktisch Mexicaans, en als jij mee mag, dan hij ook. Kracht: Jeremy doet in zijn vrije tijd echt onderzoek naar schaakbewegingen. Misschien luistert hij zelfs naar schaakpodcasts. De gedachten dwalen af .

BONUS-deelnemer: Josh is de halve Japanse barista die soms zit te kijken hoe je speelt. Je hebt hem waarschijnlijk in de loop van dit spel gezien, maar hij kan ook je koffie maken. Elektriciteit: realiseert geen manier om te schaken, en weet toch meer dan jij.

Het sportplan. De juiste manier om schaken tussen vrienden op te zetten is twee v . en laat de winnaars tegen elkaar spelen. Je speelt eerst John; je weet al dat hij weet wat je begrijpt dat je de volgende ronde hebt gehaald, maar hij zal genadig in koor zingen om dit aan te kondigen.

Ten eerste zal hij ervoor zorgen dat je wit kunt spelen, zodat je de eerste pas hebt. Je moet zeggen: "Waarom mogen blanken altijd eerst bewegen?" Het was ooit een grap, maar nu is het een echt ritueel. Als je deze stap overslaat, kun je jezelf net zo goed voor misplaatste zorgen voordat je begint.

Wees daarna bezorgd over welke van de stukken je als eerste wordt verondersteld. Je zou met behulp van nu echt moeten begrijpen welke openingen van hoge kwaliteit zijn, maar je mag nooit vergeten of het de midden-rechtse pion of de centrum-linkse pion is, en of het een of gebieden moet verplaatsen. Twee ruimtes zijn brutaler: het toont zelfvertrouwen, agressie, een "Mortician Addams-wenkbrauwboost" die (ten onrechte) suggereert dat je iets herkent dat John niet herkent. Het is de Indiana Jones van beginnende bewegingen. Maak een schijnbeweging voor de linkerpion, dan voor de rechterpion en zeg dan: "Echt, ik neem aan dat ik eerst mijn paard moet passeren." hem in constante onzekerheid houden.

Je zult begrijpen zodra je vingertoppen je stuk verlaten dat je de verkeerde wens hebt gemaakt. Leef rustig. De uitzonderlijke schaakdeelnemer in de wereld vreest de tweede niet groot, maar het ergste: je bent absoluut onvoorspelbaar. Het zal je een veilige ervaring geven om te begrijpen dat John je gedachten niet kan onderzoeken. En als hij niet kan wedden op je volgende zet, kan hij ook niet op je doel wedden. Daarom is het zeker van vitaal belang dat u dit soort spel bewaart.

Het maakt het mogelijk voor het geval je je elk van je stukken voorstelt als een ingewikkeld, tragisch onderscheid. De koning is behoorlijk op leeftijd, terwijl absoluut iedereen weet dat zijn dominante en dominante vrouw hier de broek draagt. De 2 bisschoppen zijn tegenstanders die in verschillende mate betrokken zijn bij de intriges van de rechtbank. De enige die langs de witte vierkanten glijdt is de biechtvader van de koningin en een potentiële overloper, wat zijn mysterieuze, schijnbaar irrationele beslissingen verklaart. Je loper met zwarte vierkanten is onwankelbaar, maar uit eigenbelang. Zijn bewegingen zijn cool, politiek, meedogenloos . Deze pion hier is overdreven aarzelend, misschien een beetje benauwd; zijn broer daarentegen is roekeloos en zelfopofferend. Schud je hoofd over zijn dwaasheid, hoewel je zijn moed bewondert, en zucht terwijl hij in de klauwen valt van een van de hebzuchtige ridders van John (zijn ridders hebben twijfelachtige aanspraken op de naam en zijn misschien wel de beste burgerwachten).

NB: Het is heel belangrijk dat je John de hele tijd beschuldigt van het bedenken van acties om vals te spelen, hoe vaak hij je ook de richtlijnen heeft uitgelegd.

John zal fronsen en proberen je methode te ontdekken, en dan snel herkennen welke je schaken gewoon niet herkent (je wel, maar je hebt je eigen bedoelingen). Hij zal beginnen te ontspannen, afwezig trekkend aan de magere baard die hij de afgelopen week heeft gekregen (John scheert zich elke keer als hij zich douche, maar zoals de meeste Koreanen produceert hij geen lichaamsgeur. Waargebeurd verhaal). Binnen de lange stukken tussen zijn acties en de jouwe, zal hij in de manier waarop hij voortdurend doet vermelden dat hij twijfelt aan zijn persoonlijke levensstijl. Je bent een wiskundige en zou hem wiskundig kunnen bewijzen dat hij echt bestaat. John zal dan reageren door te twijfelen aan het leven van wiskunde; hij is een overheersende filosofie. Je zult in de verleiding komen om te insinueren dat filosofie nu niet bestaat, met als resultaat een existentiële ramp van een belang dat zichtbaar is vanaf Mars. Geef niet, ik herhaal, nu niet toe aan deze precieze impuls. Of vraag hem of hij bedoelt dat hij toegeeft. Van richting geeft hij niet toe. Gooi hem van de geur af van je echte doel, het doel dat nog voor jezelf verborgen is.

Drink honderden vreselijke espresso's als een manier om je migraine weg te nemen. Als dat niet werkt, blijf dan volhouden dat ze het gevolg zijn van ontwenning van cafeïne. Josh zal je drankje na het drinken brouwen (Josh heeft het in ieder geval in de sport gemaakt - wat een aangenaam wonder) en John iets anders geven om over te praten. John zal zeggen dat je espresso afschuwelijk is. Het is te koud; het is te zuur; Josh heeft te veel koffiedik in de gadget gegoten. Hij klaagt over je koffie, die je binnenkrijgt en hij heeft niet eens geproefd. Misschien wil hij je afleiden van het spel. Gewoon lachen en samen spelen. Je staat op het punt om de oorzaak van schaken te ontdekken, of misschien de manier van leven, die als je er echt op aan komt zeker de gelijke factor zijn.

Meera moet Jeremy hebben verslagen, want je hoort haar misschien een paar tafels lachen. Ze heeft de maximale fantastische grinnik die je ooit hebt gehoord: verbaasd en blij en onvoorzichtig en extreem onverwacht. Ze lacht zo hard dat je niet kunt bedenken dat haar bril op haar gezicht blijft zitten. Zij en Jeremy kijken graag naar de uiteinden van jullie spelletjes. Jeremy zal commentaar geven dat dit het meest opwindende bord is dat hij ooit heeft gezien, en je sluit een compromis. Beschouwd als een van je pionnen, de bedompte, is misschien geknapt en vastbesloten om zijn broer te wreken, waardoor hij promoveerde naar 2e koningin. De rest van je pionnen zullen een diagonaal vormen in de verdere juiste hoek en de torens van John opsluiten. Maar ondanks hun nobele inspanningen, is John het meest effectief om je rotzooi op te dweilen met een paar snelle halen van de zwarte koningin en zijn ultieme zwarte bisschop. De zwarte torens gaan als rook door je witte pionnen.

En je hebt er moeite mee.

Omdat je op geen enkele manier bang was om het spel te verliezen, alleen bang dat er geenszins een spel was om te spelen. Bang dat je veel minder met jezelf hebt dan je idee, bang dat 50/50 zeker nul/0 is, omdat je niet blank bent en ook niet Mexicaans en ongeacht wat je John adviseerde of hoe aardig je argumenteert in elk ander geval ben je bang dat je niet bestaat.

Schaken is oorlogsvoering. Het is prettig om te beseffen, voor een beetje tegelijk, dat je een persoon bent die in staat is tot conflicten. Jij bent iemand die bestaat. En er kan een andere persoon zijn, iemand buiten jou, die op dezelfde manier in conflict is en die jou als geheel herkent.

"Schaakmat."

Twee facetten van dezelfde munt. 50/50. Voltooiing. De helften van een vriendschapsbedel klikken op hun plaats.

Jullie hebben allemaal hetzelfde doel, een doel waarvan niemand wist dat het in een geheim veranderde, behalve jij.

Schaakmat.

"Gearomatiseerde mensen"

Hij hield zijn pistool op haar gericht terwijl ze naast elkaar zaten aan zijn kleine houten bureau in de woonkamer van zijn kleine flat. Hij hield zijn wapen tegen de tafel, tussen zijn wijnglas en een ongehuwd aangestoken kaarsmiddenstuk.

'Ik beloof je,' zei ze, 'dat ik niemand zal inlichten voor het geval je me nu fatsoenlijk laat oversteken. Nu niet de politieagenten. Niet mijn vrienden. Zelfs mijn dove oma niet meer."

Een beetje ouderwetse kerel schuifelde naar hen toe en hield de handvatten van een zilveren dienblad vast. Hij zette voor elk van hen een kom dampende soep neer.

'Bedankt, Pedro,' zei hij.

SOEP: MENSELIJK VLEES POZOLE

'Je zou het niet eens zijn met hoeveel jaar het me kostte om dit recept te perfectioneren,' zei hij nonchalant, alsof hij sprak met iemand die hij al jaren kent. " Het verkrijgen van de vlezige stukjes is natuurlijk een project op zich, maar dan is er nog het karwei om het in kleine vierkantjes te hakken voor de esthetiek. De kruiden worden ook een stuk problematisch, maar wat ik ontdekte is dat zwarte mensen meer smaak hebben dan alle anderen. Ik bedoel, duh, correct?'

De schrik stond op haar gezicht. Haar lepel kamde door de hominy van de pozole , kool en rechthoekige stukken vlees.

" ik zal dit niet verslinden ,' fluisterde ze iets boven een gefluister uit.

Zijn ogen verlaten haar niet als hij kastanjebruine bouillon van zijn lepel slurpt. 'Je eet de soep of je maakt deel uit van de soep,' zei hij, terwijl zijn geweer naar haar zwaaide.

Ze sloot haar ogen. Langzaam bracht ze een lepel pozole naar haar mond. Tot haar verbazing wordt het vlees zacht en sappig. De bouillon werd zout met de juiste hoeveelheid kruiden. Ze herkende op dat moment geen manier om te ervaren; de pozole wordt zeker lekker. Haar reactie deed hem stralen.

VOORGERECHT: GEBRADEN palmen GESERVEERD MET RANCH

Ze trok een grimas toen haar email kraakte tot een van de knapperige, gepaneerde vingers die, zo nam ze aan op basis van hun lengte en vorm, toebehoorde aan een zwaargebouwde man of vrouw. Ze ontdekte onder andere zout, knoflook en een snufje Cajun-kruiden. Het rundvlees werd taai en smaakte naar rood vlees, maar met een scherpe nasmaak.

"Dus, is dat ook een zwarte man of vrouw?" vroeg ze.

'Nee, dat is een blanke dame uit Lancaster, SC,' zei hij met zijn mond vol, een streepje ranch tussen zijn lippen en kin. 'Ze hield van voetbal, zoals je niet zou vertrouwen. Altijd al een zoon gewenst, een voetbalberoemdheid, toch? Krijg dit: drie dochters van 3 unieke kerels. Ze veranderde in een vloek."

Haar kaak stopte halverwege het kauwen. Ze worstelde met de golf van afschuw en verdriet die over haar heen spoelde. Ze staarde naar het onbedekte bot van haar krokante traktatie en kon niet anders dan veronderstellen dat het zo snel toebehoorde aan een moeder met passie en doelen en kleine dames die haar nu ontbraken.

'Maar ik ben nu geen racist meer,' ging hij verder. "Zou je je kunnen voorstellen dat ik in werkelijkheid een zwart-karakter voedselregime had gehad? Wat maakt het uit of ik een kannibaal ben, toch? Het was echter verrassend dat ik moeite had om een zwart personage te vinden met zulke dikke armen. Niet dat ik alleen maar zwarte mensen eet omdat ik, nogmaals, geen racist ben. Ik had een zwarte vriend op de middelbare school. Jef Wilson. Vrijwel coole kerel. Top in voetbal." Hij stak een knapperige vinger in de lucht. "Ze zou een persoon als Jeff hebben gekoesterd voor een zoon." Hij doopte de vinger in zijn kleine schoteltje met ranch en nam een grote hap. "Maar ik denk niet dat ze met zwarte jongens uitging."

SALADE: MEXICAANSE man VLEES SALADE

Hij liet het pistool nooit los terwijl hij at. Het stond op het tafelblad, de loop naar haar gericht en volgde haar als een harde en snelle blik. Ondanks zijn informele vernedering wist ze dat hij onwel, gestoord en gevaarlijk werd. Maar alles aan deze salade smaakte zo schoon, het veranderde in alsof hij sla, tomaten en maïs in zijn flat verbouwde.

Hij praatte en praatte. Ze worstelde om rente te betalen, om een opening te zoeken om uit haar hachelijke situatie te komen. Ze kon zich bijna nooit bewust zijn van wat dan ook, afgezien van de hoeveelheid mensenvlees die ze tot nu toe had gegeten. De geraspte mens in de salade had een Smokey-smaak. Ze voelde niet de wil om de salade in dressing te verdrinken in een daad van ontkenning. Het vlees was goed georganiseerd.

" en dan gaat ze 'Oh' en dat ik 'Oh' beweeg, en zij of hij wiebelt zo met haar bloederige arm met stomp." Hij kwispelde met zijn losgemaakte hand bij zijn schouder om de persoon na te bootsen over wie hij ging praten. 'En we barstten allemaal in lachen uit. Tallahassee is wild, zeg het je .'

Hij lachte hartelijk. Ze lachte ook, maar het werd zelden overtuigend. 'Dus je maat daar,' zei ze, verwijzend naar de kleine oude man in de keuken een paar meter verderop, 'is hij je handlanger?' De antieke man stond voor een zoemende magnetron.

'Guillermo is hier om de maaltijden op te warmen en te serveren. En om de stromende wijn te behouden." Die laatste zin zei hij luid genoeg om de keuken te bereiken, wat de vintage man ertoe bracht in de richting van de tafel te schuifelen met een wijnfles in zijn handen. "De maaltijden werden vanmorgen voorgekookt. Ik zwoegde over elke hap. Ik had op geen enkele manier van je organisatie kunnen houden terwijl ik alles schoon had gekookt. De date zou zoooo saai zijn." Hij lachte weer. " Je bent er nu doorheen gerend."

Primair pad: BUM STEAK MET GEROOSTERDE SNOEP AARDAPPELEN

De oude man legde voorzichtig elk bord voor zich neer, alsof een tromgeroffel de presentatie van het gerecht begeleidde. Zijn mond hing open, zijn tong zweefde in het midden tussen gesprongen lippen.

'Ik neem aan dat je vriend water nodig heeft,' zei ze tegen haar ontvoerder.

"Roberto eenvoudigste drinkt cream soda," verklaarde hij. Trots zwol in zijn ogen terwijl hij gebiologeerd naar zijn maaltijden staarde. Het werd een kont, van de bodem schoongeveegd van degene die er ooit op heeft gezeten, "... gekruid en gemarineerd in boter en knoflook en kruiden voor meer dan twee weken. Aangebraden medium ongewoon. Zo simpel maar zo elegant."

Met zijn losse hand tilde hij zijn vork op. Net toen hij het pistool bijna helemaal wilde neerzetten om zijn mes op te halen, aarzelde hij. Hij besloot het pistool vast te houden, maar richtte het niettemin op haar. In plaats van keukengerei pakte hij de bum steak en trok er een stuk af met zijn tand. Rode sappen druppelden van zijn kin. Hij kauwde gretig en slikte zelfs niet meer eerder dan een ander stuk. De hele tijd staarde hij haar aan. Hij wilde niets liever dan haar reactie op de smaak ervan te zien.

Ze sloot haar ogen terwijl ze een klein stukje verkleinde . Ze stopte het in haar mond en een andere keer zwol de walging in haar op, walging voor wat ze gedwongen werd te verslinden, walging voor een manier waarop het verrukkelijk werd. Het wordt de kwaliteitskont die ze ooit heeft gegeten.

DESSERT: CINNAMON-BAKED PHALLIC break up

"Wat verdomme?" huilde ze toen de antieke man de deal met hen plaatste. "O mijn God."

3 bolletjes vanille-, chocolade- en aardbeienijs - elk gegarneerd met slagroom en een kers --- licht gesmolten op het toppunt van een stijve penis bedekt met kaneel (het was niet absoluut een stuk gesneden).

" Je hebt geen idee," zei hij, "door hoeveel mannen ik heen moest om zo'n grote lul te ontdekken. Hoe complex het wordt om het aspect taai postmortaal te behouden. Dus dat is de eerste keer dat ik dit dessert bak, dus ik hoop dat het goed is gelukt."

"Ik denk..." zei ze, "... ik neem aan dat dit uitstekend is. Ik neem aan dat je briljant bent. Ik begrijp niet hoe je menselijke lichaamsdelen kunt nemen en er zulke heerlijke maaltijden van kunt maken, maar ik ben in mijn hele bestaan op geen enkele manier zo onder de indruk geweest."

' Dank je,' zei hij, opgelucht dat ze zijn culinaire ambacht eindelijk waardeert. "Ik moet mijn recepten zo hard afstemmen op de wereld. Het zou een gamechanger zijn. Mensen in negatieve landen zijn uitgehongerd, ook al zal de menselijke bevolking zich blijven ontwikkelen totdat de planeet niet meer voor ons allemaal kan zorgen."

„Dus kannibalisme kan vogels in één klap doden . "Precies!"

Hun hoofden kantelden naar voren terwijl ze naar elk ander staarden. Even beet ze op haar onderlip, waardoor hij grijnsde. Hij stak een hand uit over de hele tafel. Ze reikte naar de zijne tot ze naar verluidt van gedachten veranderde en haar vingertoppen in een deel van de slagroom doopte. Met een grinnik tikte ze de slagroom in zijn gezicht. Om niet achter te blijven, gooide hij een paar slagroom naar haar terug, die in haar haar belandde. Ze gooiden ijs naar iedereen en daarna roze wijn uit hun glazen. Ze hebben op dit punt gestaan, lachend, een verbinding gemaakt.

Ze reikten allebei tegelijkertijd naar de penis. Hun armen raakten elkaar.

Hij heeft haar onderzocht. Ze leek teruggekeerd. Ogen op slot. Zielen die het hof maken. Liefde die het ontvoeringsprotocol tart, maatschappelijk decorum.

Ze greep de penis. Het zou op een bepaald punt van het bakproces mals moeten zijn, maar als alternatief werd het nog steeds stijf. Ze zwaaide alle 30 centimeter ervan als een honkbalknuppel door zijn kaak. Hij werd knock-out geslagen voordat hij zelfs maar de grond raakte, terwijl het pistool uit zijn hand gleed. Dit werd het, volgens haar concept, het bekronende succes van elke onpartijdige dame: de stront uit een man slaan die probeert van haar te profiteren. Ze liep over de tafel om over zijn frame te gaan staan. Haar handpalmen kneep in die grote penis tot haar knokkels wit waren. Ze pik-walloped hem. Ze sloeg hem met de zweep. Ze sloeg hem keer op keer over zijn gezicht tot ze buiten adem was.

Mogelijk veranderde ze in weggevaagd door de adrenaline, of veel waarschijnlijker deed haar eerdere smaak van vlees haar extra verlangen. Dus toen ze naast zijn bewusteloze lichaam knielde, tilde ze zijn onderarm op en nam een brok. Het enige wat ze smaakte was armhaar, en omdat hij niet zwart was, werd ze er zeker van dat hij misschien zo flauw was dat ze op zijn minst een paar citroenpeper nodig had. Maar ze kon zichzelf niet tegenhouden. De truc, zo lijkt het, is om door de vlezige onderkant van de onderarm te hakken, maar ze beet tegen het bot. Ze brak de huid, proefde zijn bloed, werd extra gretig ondanks het feit dat ze weinig vooruitgang boekte.

Ondertussen had de antieke man geen interesse in wat er net gebeurde. Hij hielp zichzelf aan een blikje cream soda uit een pc Van zes zitten in de koelkast. De zoete, bloedeloze, verfrissende koolzuurhoudende drank bracht hem naar een gebied van sereniteit waar niets minder hem kon bereiken.

"Eten is leven"

TW: het is griezelig en een stuk uitzonderlijk. Er zijn korte momenten van impliciet geweld. Kosmische horror weggooien.

Groeten en wenselijke tijdingen aan al mijn medemensen verkrijgbaar! Heel erg bedankt voor het reizen mijn maaltijden blog: food for living: meal is Love, meal is lifestyle!

Nadat ik jaren en jaren geleden met deze foodblog begon, realiseerde ik me absoluut niet veel over de keuken. Mijn ouders waren geen koks toen ik opgroeide. Onze meest gebruikte kookapparatuur was de vriezer en de magnetron, dus ik moest in wezen voedselles één onderzoeken toen ik aan mijn kookavontuur begon. Het is geen mysterie dat maaltijden mijn bestaan door de jaren heen hebben veranderd en verteerd, maar het geeft me niettemin hetzelfde gevoel van voldoening als toen ik al die jaren in het verleden mijn eerste roerei kookte. Tot later in het verleden. Onmogelijk lang. En moeilijk. Mijn moeder en vader hebben het op geen enkele manier schoon gemaakt, dat is positief. Af en toe aten we dagenlang geen maaltijden in huis. Van tijd tot tijd moesten mijn kleine broertje en ik in onze buurt van deur tot deur gaan om te smeken om restjes en bureauresten. Van tijd tot tijd veranderde hij in te kwetsbaar om überhaupt te wandelen. Soms had ik zo'n honger dat ik dacht dat ik dood zou gaan. Zo nu en dan. Wij. Had. Tot. Doen. Wat. Wij. Had. Tot. Tot. Leef voort.

Maar nu heb ik veel meer zelfvertrouwen in de keuken, en jij misschien ook! Ik ben zo gezegend dat ik me bewust ben van wat mij het gelukkigst maakt: het delen van mijn recepten die jij, beste lezer, thuis zou kunnen maken.

Ik krijg heel veel berichten en verzoeken van jullie mooie foodies over recepten met een geweldige WOW-factor. Iets om te onthullen tijdens een etentje waar ze in werkelijkheid van af zullen zijn! Maaltijden om te leven zijn altijd ongeveer recepten geweest voor de gewone Joe. Koken is schoon en snel te maken, maar geeft je toch een voldaan gevoel. Ik heb constant geloofd dat koken voor iedereen is om liefde, troost en vreugde te verspreiden naar de speciale mensen voor jouw bestaan. Koken zou een eenvoudige en plezierige ervaring moeten zijn, maar ik houd er wel rekening mee dat de 4-cheese bean dip en de chicken pot pie casserole het soms gewoon niet verminderen voor een paar. Indruk maken op uw bezoekers is al moeilijk genoeg. Mensen kunnen soms zo kieskeurig zijn, maar ik realiseer me precies het element waardoor zelfs de meest kieskeurige eter tranen van plezier kan huilen. Een gerecht dat zelfs de meest fervente scepticus laat zien dat er een god is. Ik begrijp wat je nodig hebt. Je wilt het grote spul. Het lichtende voorbeeld van culinair geluk. De gouden troon van paprika's op uien. De hoge stoel om te verschijnen op de donkere, zinderende internationale van ingeblikt vlees en macaroni in dozen. Laat het afval en het slijm onder je glijden, stinkend net als het slib van de diepe zee dat hun bedorven gezichten vult met platbroodpizza's, terwijl je omhoog stuwt steeds beter pijnlijk in de nachtelijke hemel op een strijdwagen van zwarte haard en opstijgt naar de gangen van de smaak goden.

ALLEN ZULLEN WEEN ALLEMAAL ZULLEN ONZE KONING BUIGEREN

Voedsel VOOR LVING maaltijden VOOR existentie voedsel VOOR LVING voedsel VOOR levensstijl maaltijden VOOR LVING maaltijden VOOR levensstijl

Dus, laat beginnen!

Dat is wat je misschien nodig hebt:

Vier enorme eieren

12 Oz Cheddar-kaas (versnipperd)

Half blok roomkaas

2 kippenborsten

Vier-6 verse onervaren uien

Negen eetlepels tijm

Vier halve ounces boter (verzacht)

12 teentjes knoflook

Zestien keer schaduwtomaten

4 klontjes geperforeerde mayonaise

19 snippers gepelde weerzinwekkende sjalotten (fijngehakt)

1 geluid van de leegte

De kettingen van een sluimerende god (geraspt)

1 strak gevoel op de borst

2 donkere kronkelende dingen die aan de randen van je gedachten knagen

3 pieken in de geest van een gek

Geen milde kan uitbreken

Geen zondaar kan worden gespaard

Je kunt je niet afwenden van de realiteit zodra de meester terugkeert

Hij roept ons zelfs nu nog. Kunt u hem geen rente betalen? Zijn liedjes bieden ons inzicht in de kenbare waarheid van dit alles: dat wij, kleine en onbeduidende mieren die we zijn, deel kunnen uitmaken van zijn nieuwe international. Zodra die zwakke bureaucratie van onze botten is afgestoten, kunnen we bewust herboren op zijn foto, beschut door zijn grote, zwarte vleugels en gewiegd in zijn handen. Hij zal deze ellendige international met de grond gelijk maken en het stof van onze persoonlijke zonden wegvegen op hetzelfde moment dat we boven de bergtoppen staan en luisteren naar het koor van geschreeuw. We kunnen het bloed in de lucht ruiken; dat miasma van ondergang als wijn voor ons kan zijn. Drink het lijden van degenen die beneden zijn. Spring erboven met gevederde vleugels als engelen gehuld in vlammen. Komen! Rente betalen. Hij zingt. Hij verlangt. En wij wachten.

Zout en peper naar smaak.

Eerste factor eerst! Zorg ervoor dat u een buitengewoon scherp mes gebruikt voor het bereiden van uw vlees en groenten. Je hebt geen onaangename ingewanden nodig; je wilt je mes recht door het rundvlees schuiven als boter. Heb het vlees niet gezien! Laat je mes allc schilderijen doen en laat het glijden door ervoor te zorgen dat je de gecorrodeerde slagader verkleint en niet langer de luchtpijp. Je wilt de eerste keer niet naar hun geschreeuw luisteren.

Slijp en onderhoud je messen constant! Geen roest, geen korst, handigste glitter en glans!

Nu begrijp ik dat ik een uitgebreide menagerie van lezers heb die verkrijgbaar zijn met duidelijke voedingsvoorschriften, allergieën en voedselaversies. Dat is de reden waarom ik een kleine lijst met vervangingen heb gemaakt die de ziel van het recept intact laten, terwijl je, geliefde lezer, precies wat je maximale keuze hebt.

Als je veganist bent, heb ik ontdekt dat leeuwenmanenpaddenstoelen een uitstekende vervanging zijn voor kip. De smaak is mild maar licht boterachtig en het gevoel is perfect. Met de juiste kruiden smaakt het bijna te zondig om te ervaren. Verander gewoon de zuivelcomponenten met veganistische equivalenten en voila! Dierlijk losgemaakt en niet een oz. Van smaak misplaatst!

Verse knoflook is de beste manier om te gaan, maar je kunt knoflookpoeder in een snuifje gebruiken als dat nodig is.

Schaduwtomaten schrikken moeiteloos, dus zorg ervoor dat ze veilig en gezellig ervaren. Communiceer zachtjes met hen. Vertel hen wat een geweldig proces ze aan het doen zijn. Beloof dat je ze op geen enkele manier zou schaden. Dat je als plaatsvervanger zou kunnen sterven dan toelaten wat er tussen je vriendschap komt. Als ze absoluut hebben geleerd om rekening met je te houden, steek je je mes in het midden. Reduceer tot kleine blokjes voor de saus en winkel zoveel mogelijk sap. Ingeblikte schaduwtomaten zijn ook eersteklas.

Er is ooit een vrouw zonder gezicht veranderd.

Die haar haar met een veter naar achteren bond.

Ze begon te huilen

Maar haar ogen waren toch droog

Je rende weg en hij of zij begon te achtervolgen

Gebruik een blok kaas en rasp het zelf. Vooraf geraspte kaas uit een zak met wrak de textuur. Ik weiger hier op in te gaan!

Oké, snoeplezers, hier is de stapsgewijze handleiding voor het ontwikkelen van het wow- tactiek avondmaal van je wensen! Dat wordt een beetje ingewikkeld, maar blijf bij mij en je zult gewoon aardig zijn. Houd er rekening mee dat wat is bereikt , niet ongedaan kan worden gemaakt. Nadat u met deze methode bent begonnen, kunt u niet meer voorkomen. U bent mogelijk niet meer dezelfde op de halte van deze manier. Niet nauwelijks. Ben jij een echte gelovige? Ik denk dat we erachter zullen komen, de ontvanger? Metaal jezelf, vleselijke kinderen, en begroet de duisternis met open handpalmen. Alleen koosjer zout, iedereen. Het biedt veel meer controle tijdens het kruiden om uw gerecht nu niet te zout te maken. Hier gaan we!

Stap 1: regel het rek naar het midden indien gewenst en stel de oven in op 450F.

Stap 2: Hak de groene uien dun. Scheid het groen van het wit en hak het wit van de ui fijn.

Stap 4: Dep droog en snijd in reepjes. Snijd vervolgens de reepjes in blokjes van ongeveer 2,5 cm. Snijd de blokjes vervolgens in pap. Snijd vervolgens de pap in

Cuisinart. Plak. Houd verminderen. Snijd tot de pijn weggaat. Blijf snijden. Houd verminderen.

Stap vier: De sjalotten gaan krijsen door nu te gebruiken, leuk om ze snel in hun ellende te positioneren. Wanneer gezichten van nutteloze gekoesterde op elke sjalot verschijnen, besef je dat ze rijp zijn. Knijp er sprankelend citroensap overheen. Verzamel tranen in een kleine kom en bewaar voor later. Break sjalotten verleden reputatie.

Stap 7: Staar niet in de leegte; je bent niet voorbereid. Communiceer er als alternatief in. Vertel het je verwachtingen en verlangens en duistere geheimen en technieken die je diep in je gedachten opgesloten houdt. Concentreer je op een stem. In het begin zal het stil zijn, maar al snel zul je er alleen maar naar luisteren. Zing voor hem. Laat hem drinken op je zachte tonen. Sta hem toe u te herkennen. Wees niet bang. Snel, hij zal alles weten.

Stap tachtig: verwarm een pan met hete olie en rooster je tijm. Je zult zien dat het deze prachtige geur voor je kruid naar boven brengt. Pas op dat je het niet verbrandt! Tijd is delicaat. Tijd is -

Stap 81: Huil. Noem je ouders nog één keer. Geef het onvermijdelijke.

Stap vier: ooit stond er een hoge boom in een ver land; de hoogste en breedste boom ter wereld . Het zou een jaar duren om gewoon rond zijn enorme stam te lopen. De top van de boom strekte zich uit langs de wolken en doorboorde de lucht. Mensen bouwden steden en dorpen rond de hoogwaardige Boom, veilig in zijn schaduw. Allemaal mooi geworden. Tot op een gegeven moment een jongen in de boom probeerde te klimmen. De jongen veranderde in mager en angstig, het voorwerp van spot voor verschillende jongens van zijn leeftijd. Maar hij wist dat hij speciaal werd. De jongen kon iets doen waar niemand ter wereld ooit van zou moeten dromen. Hij pakte zijn tas met maaltijden en water, kuste zijn huilende moeder en begon aan zijn zoektocht om het toppunt van de eersteklas Boom te zien. Hij klom en klom. Dagen zijn weken geworden. Weken zijn maanden geworden. Op hetzelfde moment dat hij door de wolken brak; niettemin rees de boom boven in de nachtelijke hemel. De jongen had geen eten meer, dus hij verslond het sap dat uit de openingen van de boom lekte. De jongen had geen water meer, dus scheurde hij takken en bladeren van het lichaam van de schitterende Boom en zoog al het mogelijke vocht eruit. Jaren verstreken en de jongen werd een persoon. De persoon was zo overdreven dat de zon via zijn gezicht de juiste waarde overschreed. Hij plukte het uit de lucht en sloeg het tot vuil. "Als ik in het donker op deze helse boom word achtergelaten," zei de jongen, "laat ze dan ook in het donker zijn."

De persoon werd verbitterd en wreed; toch klom hij blijkbaar niet naar de hoogte dan toen hij begon. Zoveel jaren overhandigd, en de persoon vergat zijn bestaan voor de boom. Hij vergat alle smaken behalve geel sap. Hij vergat alle geuren maar de muffe lucht om hem heen. Hij vergat alle gevoel behalve de kou. Op een gegeven moment bespiedde de man de top gewoon bij het stoppen van zijn zicht omringd door glinsterende sterren. De man huilde diep, vroeg of laat zo dicht bij het bereiken van wat zijn hart het meest begeerde. Hij klauterde de hoogwaardige boomstam op, klauwend en bijtend om uiteindelijk bovenop de boom te gaan zitten en op de arena te verschijnen zoals iedereen op hem neerkwam. Toen hij vroeg of laat op het punt stond zijn hand te ontspannen op de top van de buitengewoon goede Boom, verloor zijn voet zijn houvast en gleed hij weg. Beneden viel hij door schaduw en sterrenlicht. De geluiden van zijn geschreeuw weergalmden over de hele planeet. Toch valt hij nu. Dit is zijn straf. En dus zal hij vallen totdat de bergen vuil worden en de oceanen bevriezen. Tot demonen uit de hemel regenen en de lucht paars en zwart bloedt. Je kunt hem zelfs nu nog horen schreeuwen.

Stap 5: Strooi geraspte cheddar over het hoogtepunt van je mooie introductie en rooster het gedurende vijf minuten. Eenmaal afgekoeld, verdeel in acht secties en serveer!

Hem

Hem dienen

Je leeft om hem te dienen.

Hem dienen

De greep met de kroon van been

Hem dienen

DIEN HEM

Mooi, voor het geval je het einde van deze inzending hebt gehaald, je bent een van de weinige gelukkigen! Heel erg bedankt aan mijn volgers en sponsors, zonder jullie is dat allemaal niet haalbaar. Ik hoop dat dit gerecht je veel trots en restjes zal brengen! Voel je vrij om mijn andere weblogposts te bekijken voor extra conventionele recepten. Koken kan je bestaan ruilen, mensen. Het heeft de mijne aangepast.

Maaltijden Voor woning

Maaltijden is bestaan, maaltijden is liefde

Maaltijden zijn vrijheid.

Thanksgiving diner

Dit verhaal bevat problemen of vermeldingen van zelfmoord of zelfbeschadiging.

Mike McCall zat in mijn eentje op de toonbank van de Denny's aan de zijweg van Sheridan, net buiten Boulder, Colorado. Hij staarde met onscherpe ogen naar het menu. Zijn geest werd een andere plaats. De stroomvoorziening hier had bijna acht uur geduurd in zijn gehuurde Ford Taurus, zelfs als hij even stopte om zichzelf te ontlasten. Hij vroeg zich nu af: moet ik hier gewoon verslinden, weer omdraaien of volhouden? Heb ik in werkelijkheid bijna 450 mijl onder druk gezet om Thanksgiving Day door te brengen met het eten van gebakken biefstuk en eieren? Nee, het is me niet gelukt. Hij gooide het menu aan de balie en liep weer naar de parkeerzone.

De kracht van het restaurant naar Mapleton Hill duurde het eenvoudigst ongeveer twintig minuten, maar het volgende half uur reed Mike langzaam door die dure, lommerrijke gemeenschap, allemaal zelfs als kettingrokende Marlboro-verlichtingsarmaturen. Terwijl hij het raam naar beneden rolde, zou hij de terugslag van de late herfst moeten ervaren en aandacht moeten schenken aan de wind die fluit door de bijna naakte takken van de witte berkenbomen die beide kanten van de Azalea-kracht bedekten. Meestal had hij bij dat telefoontje twijfels gesteld, aangezien azalea's nergens te bekennen waren. Hij trok naar de benedenverdieping en terwijl hij zijn gedachten bij elkaar verzamelde, staarde hij naar de grote woning aan de verste halte van de doodlopende weg, terwijl gele, verbrande oranje en bruine bladeren langs de gigantische en mooi onderhouden gazons die de kasseienlaan.

Mike had vervolgens de meest recente uitnodiging van zijn schoonzus om Thanksgiving met zijn eigen gezin door te brengen gemeengoed. Hij zou, zoals hij door de jaren heen gewoonlijk had uitgevoerd, deze gloednieuwe poging hebben afgewezen en een verzoening hebben bewerkstelligd , maar nu veranderde de tijd in het juiste.

Ondanks de jaren die verstreken waren, zag de woning van zijn broer er hetzelfde uit. Een gedrongen, mammoetconstructie die geenszins paste bij de grote

Victoriaanse technologiehuizen met hellende daken die Mapleton Hill domineerden.

Het huis werd versierd met bonte klimop die zich vastklampte aan en rond een reeks Dorische zuilen slingerde. De kolommen vormden een zuilengalerij die op zijn beurt een schuin Spaans pannendak ondersteunde dat ongeveer zes meter lang was boven een terras dat zijn broer nadrukkelijk een 'portiek' had genoemd. Boven de hoofdingang was een enorme, achthoekige beschilderde fries ingelegd met verschillend gekleurde stenen die, voor Mike, voortdurend een onduidelijk beeld leken te vormen van een beweging tussen een troep roofdieren en een sneeuwpop. Hij lachte bij de gedachte. Zijn broer kennende, Robert James McCall III, werd het mogelijk een prooi. Robert wordt nooit iemand die ingetogen is of, eerlijk gezegd, state-of-the-art over zijn rijkdom. Voor Mike droeg zijn oudere broer die rijkdom op een clowneske manier, zoals een reversknoop of een nep rubberen neus en bril. Een hofnar die op de een of andere manier koning was geworden.

Hij had in de drie jaar dat hij uit de gevangenis was vrijgelaten, niet met zijn broer gesproken en ook niet in de laatste jaren van zijn vijf jaar. zin. De laatste keer dat ze elkaar hadden gesproken, veranderde in, terwijl Robert hem voor de enige en beste tijd in de gevangenis had bezocht om Mike te informeren dat hij uit het bestuur van de kring van familiebeschermende instanties was geëlimineerd en dat hij de overhand had gekregen. hun nu achterstallige vader om Mike af te snijden van alle economische connecties met de vele eigen familiebureaus en inkomsten.

Mike liet de Stier langzaam vooruit rijden langs de snede naar het huis van zijn broer, zijn raam stond op een kier om de sigarettenrook in de frisse herfstlucht te laten ontsnappen. Het leek erop dat het ondanks alles zou sneeuwen, wat een verbluffende excursie zou zijn. Terwijl hij zich afvroeg of Avis erachter zou komen dat hij het rookverbod had geschonden, moest hij letten op het knarsende geluid dat de banden maakten toen ze over de bladeren rolden die zich in de goot hadden opgehoopt. Hij zette de Taurus in het 'park', pakte een kleine plunjezak van de passagiersstoel en stapte voorzichtig uit de auto.

Terwijl hij over het kronkelige stenen pad loopt dat bedekt is met gloeiende, klokvormige koperen lampen, zou Mike de gasten van zijn broer, ingelijst in de ramen met meerdere panelen, moeten zien ronddwalen, drankjes in de hand, tot in de puntjes gekleed . Hij had het idee dat hij een paar verre neven had gediagnostiseerd, maar de meeste waren vreemden en het deed hem even verlangen dat zijn moeder veranderde in niettemin levend. Ze was bij voorbaat al overleden kort voordat hij in veroordeling veranderde, maar nu veranderde het in gewoon uitstekend dat ze had.

Hij knoopte zijn versleten erwtenjas dicht en staarde naar de zware, dubbele toegangsdeuren van African Blackwood, nadenkend of hij moest aankloppen of aan moest bellen. Hij zou de geur van gebakken brood moeten ruiken, vermengd met wat hij wist dat kalkoen braadde. Hoogstwaarschijnlijk het werk van een dure cateraar, ondanks dat, behoorlijk seizoensgebonden en mooi. Na een moment van besluiteloosheid en ongerustheid belde hij aan.

Terwijl hij op de deur wachtte, begon Mike opnieuw met het vieren van de Thanksgiving-vieringen van familieleden als een baby. Het veranderde in constant zijn favoriete vakantie, zelfs hoger dan Kerstmis. Hij herinnerde zich zijn kring van familieleden die aan de tafel stonden, vol met de ingrediënten die hij eens per jaar leek te consumeren , en allemaal vanaf het begin georganiseerd met behulp van zijn moeder en grootmoeder. Krokante, geglazuurde ham ingelegd met kruiden. Bloedroze gebakken bieten zittend op bedden van onervaren salade. In beslag gedoopt, gefrituurde okra bestrooid met geraspte kaas en gekleed met huisgemaakte warme saus. En van richting, de schone kalkoen die het grootste deel van de dag in de oven wilde bakken. Allemaal bekroond met snoepaardappeltaart beschermd met sprankelende slagroom. Hij kreeg honger en die geest liep hem in de mond.

De voordeur ging open . Mike voelde zich even gedesoriënteerd toen zijn ogen zich aanpasten aan de schitterende, extreme gloed die uit de 'uitstekende kamer' kwam. De kamer was zoals hij zich herinnerde. Donkere, gebeitste mahoniehouten vloeren bedekt met sierlijke Perzische tapijten, verlicht door drie grote kroonluchters van Moreno-glas die als een driemanschap van gigantische, omgekeerde karmozijnrode tulpen worden geplaatst. Naar het juiste werd de parelwitte Steinway and Sons-vleugelpiano die waarschijnlijk niemand anders had dan te spelen. Aan de linkerkant was een tijdelijk lang bureau geplaatst, bekroond met roestvrijstalen komfoortjes, die elk beschermd waren en wervelende stoomstoten uitstoten, zelfs met de hulp van een vrouw in een witte jas en zwarte broek. Recht voor hem stond zijn broer.

" kom binnen, Michael" zei Robert met een doffe en onpartijdige stem. Hij draaide zich om en liep langzaam terug de kamer in. Voor Mike leek het alsof de gasten naar hem staarden alsof hij een ongewoon reptiel werd dat uit zijn kooi was ontsnapt.

Mike ging snel, reikte in de plunjezak die hij had gedragen, haalde een gestolen Glock 9 mm-pistool tevoorschijn en schoot zijn broer een keer in de achterkant van de pinnacle. Robert schoot naar voren en viel met zijn gezicht als eerste op de grond, het bloed uit zijn verbrijzelde schedel vormde een steeds groter wordende paarse plas. Het geschreeuw van de gasten leek gedempt en een eind weg, alsof ze uit de verre aangrenzende activa kwamen. Mike plaatste de toch hete loop van het pistool stevig onder zijn kin en trok weer aan de zaak.

www.ingramcontent.com/pod-product-compliance
Lightning Source LLC
LaVergne TN
LVHW050349160826
845677LV00014B/3872
9798359704526